바보 같은 춤을 추자

바보 같은 춤을 추자

서이제

위즈덤하우스

차례

바보 같은 춤을 추자 ·· 7
작가의 말 ·· 62
서이제 작가 인터뷰 ·· 75

❖

"거기 의사 선생님이 되게 친절하고 좋아. 나 거기 다니면서 많이 좋아졌잖아."

선우는 자신이 오랫동안 다녔던 병원을 내게 소개해줬다. 선우가 사는 동네에 있는 병원이었는데, 예약제로만 운영되니 가기 전에 꼭 전화를 먼저 해보라고 당부했다. 그러고는 거기 의사 선생님이 이야기를 정말 잘 들어주신다고, 그분과 이야기를 나누다 보면 할 말 못 할 말 구분하지 못하고 어느새 속마음을 줄줄 말하게 된다고 했다.

"무엇보다 거긴 약을 잘 줘."

"약을 잘 준다고?"

"그래, 약이 제일 중요한 거야."

그게 무슨 말인지 이해할 순 없었지만, 어쨌든 다음 날 나는 선우가 추천해준 병원에 갔다. 그리고 그곳에서 선우가 말했던 그 의사, 그러니까 친절하고 약도 잘 주는 그 의사를 만났다. 의사는 눈이 무척 크고 맑았다. 그는 내가 자리에 앉자마자 어디가 불편해서 오셨느냐고 해맑게 물었다.

"아무것도 못하겠어요."

의사는 내 말에 고개를 끄덕이며 차트에 무언가 끼적이기 시작했다.

"네, 편하게 말씀하세요."

"음, 뭐랄까. 그러니까 에너지가 완전히

소진된 느낌이에요. 딱히 먹고 싶은 것도 없고, 뭘 먹고 싶은지도 잘 모르겠어요. 어떤 날에는 밥 먹었는지도 귀찮아요. 당연히 간단한 정리정돈도 하기 힘들고요. 집에 짐이 아주 산더미처럼 쌓였는데, 도무지 치울 의지가 생기지 않아요. 당연히 일하는 것도 제 마음대로 안 되고요."

원래는 이런 이야기를 하려고 온 게 아니었는데, 어째서 이런 이야기를 늘어놓고 있는 건지 알 수 없었다. 문득, 선우의 말이 떠올랐다. 자신도 모르게 어느새 속마음을 줄줄 말하게 된다는…….

"언제부터 그러셨어요?"

"한 2년쯤 된 것 같아요."

지난 2년간 있었던 일들이 머릿속을 스쳐 지나갔다. 그래, 첫 시집이 출간된 지 벌써 2년이 지났지. 이후에 스트레스를 많이 받았잖아. 저조한 판매량과 무관심에 매일같이 상심하면서, 현실적인 문제들과 내 미래를 걱정하면서. 언제까지 비정규직을 전전하며 살아갈 수 있을까. 내가 앞으로 글을 계속 쓸 수 있을까. 먹고는 살 수 있을까. 글을 쓰며 살아가는 게 힘든 일인 줄은 알았으나 이 정도일 줄은 몰랐다고 자조하면서 말이야. 심지어 시를 쓰면서 느꼈던 기쁨조차 갑자기 무가치하게 느껴져 몹시 괴로워했잖아. 나는 또다시 우울한 생각에 빠져들었고, 이내 눈물이 나왔다.

의사는 당황한 기색 없이 곧바로 내게 티슈를 건네며 질문을 이어갔다. 우울할 때는 어떻게 하는지, 평소 어떤 사람들을 만나는지, 누구와 대화를 나누는지, 가족 관계는 원만한지, 어떤 유년기를 보냈는지, 어떤 학창 시절을 보냈는지 등등. 말을 하다 보니 별로 떠올리고 싶지 않았던 옛 기억들까지 하나둘 털어놓게 되었다.

"그랬군요. 많이 힘드셨겠네요. 잠은 잘 주무세요?"

"아니요. 낮밤이 바뀌어 있어요."

"언제부터요?"

"그건 아마 고등학생 때부터 그랬을 거예요."

"어이쿠, 그럼 학교생활이 어려웠겠네요."

"네. 한 번도 쉬웠던 적이 없어요."

나는 눈물을 닦고 진정했다. 그리고 더 늦기 전에 그 이야기를 해야겠다고 생각했다. 그래도 명색이 정신과 의사인데, 이런 이야기를 한다고 나를 이상한 사람으로 생각하거나 미친 사람 취급을 하진 않겠지. 나는 용기를 내어 어렵게 말을 꺼냈다.

"사실 제가 여기에 온 이유는요. 어느

날부터 갑자기 헛것이 보여요. 그니까 사람 그림자 같은 게 보여요. 선명하진 않은데 구름처럼 움직여요. 늘 보이는 건 아니고, 보였다가 안 보였다가 해요."

의사는 갑자기 차트에 무언가를 빠르게 적기 시작했다. 그러고는 대수롭지 않다는 듯 물었다.

"아, 그렇군요. 환청은요?"

"그건 아직……."

그러자 의사는 내게 질문지를 건넸다. 잠은 잘 자는지, 입맛은 어떤지, 나 자신이 한심하게 느껴지지 않는지 등 몇 가지의 비슷한 질문을 다른 방식으로 반복해서 묻는 것이었다. 나는 대기실로 이동해 20여 분 동안 질문지를 작성했다. 질문지를 살펴본 의사는 내게 우울증 약을 처방했다. 의사의 말에 따르면, 심리적 압박이나 스트레스가

가해지면 종종 환시를 경험하는 경우도 있다고, 그러니 너무 걱정하지 말고 당분간 약을 먹으면서 경과를 지켜보자고 했다. 선우가 했던 말처럼, 역시나 약이 제일 중요한 걸까. 나는 약봉지를 품에 안고 집으로 돌아왔다.

　몇 달 전, 그러니까 두 번째 시집을 출간한 지 얼마 되지 않았을 무렵이었다. 나는 망원동에 위치한 작은 책방에서 낭독회를 하게 되었고, 예상대로 모객은 잘되지 않았다. 정원이 열다섯 명밖에 안 되는 소규모 행사였음에도 불구하고, 자리가 절반 이상 비어 있었던 것이다. 사람들이 많이 올 거란 기대는 애초부터 하지 않았으나 그럼에도 막상 빈자리를 마주하니 표정 관리가 쉽지 않았다. 행사가 취소되지 않고 예정대로 진행된 건, 아마 책방 사장님의 재량이었겠지. 행사를 신청한 소수의 사람들을 위한 배려였겠지. 그러나 그 마음을 알면서도, 군데군데 빈자리들은 행사가 시작되기 전까지 계속 내 신경을 건드렸다. 순식간에 나는 주눅이 들어버렸고, 그 사실을 들키지 않기 위해 애서 태연한 척을 했다. 책방 한편에 앉아 괜히 시집을 여기저기 들춰 보면서.

"그래도 신청한 분들이 더 있었는데 안 오시네요. 아까 한 분은 정말 오고 싶었는데 갑자기 회식이 생겨서 못 오신다고 연락을 주셨고……. 아마 요즘 날씨가 추운 데다가 시국까지 어지러워 그런가 봐요."

사장님은 내게 다가와 멋쩍게 웃으며 말했고, 이에 나는 애서 마음에도 없는 소리를 했다.

"오순도순 더 좋지요, 뭐."

책방에 모인 사람들은 사장님을 포함해 다섯 명뿐이었다. 사람도 몇 명 없는 자리에서 내 시를 소리 내어 읽는 것이 처음에는 조금 부끄럽게 느껴졌지만, 그래도 한 문장 한 문장 읽어나가다 보니 조금씩 마음이 나아졌다. 나는 30여 분 동안 여러 편의 시를 연달아 읽었다. 그들이 집중해서 잘 듣고 있는지는 알 수 없었다.

그런데 마지막 시를 읽고 고개를 들었을 때였다. 무언가 기이하고도 꺼림칙한 장면이 내 눈에 들어왔다. 아무도 없는 빈자리, 그러니까 빈 의자 아래에 사람의 그림자가 있었던 것이다. 나는 잠시 얼빠진 사람처럼 한동안 말없이 그림자를 바라보았다.

분명 저기에는 아무도 없는데.

분명 저기에는 아무도 없어야 하는데.

그것은 낭독회가 끝난 후에도 줄곧

그곳에 남아 있었다. 나는 혹시나 하는 마음에 사장님에게 물었다. 그림자가 있는 빈자리를 손으로 가리키면서.

"사장님, 그런데 혹시 저게 뭘까요?"
"의자요?"
"아니, 그 밑에 있는 그림자 같은 거요."
"뭐지, 이거 전등 그림자인 것 같은데."

사장님이 의아해하며 의자를 집어 올리는 순간, 그림자는 그 옆으로 미끄러지듯 옮겨 갔다. 순식간에 벌어진 일이었다. 나는 그 광경에 조금 놀라 몇 발자국 물러서게 되었는데, 그사이 그림자는 문 앞까지 자리를 옮겨 갔다. 아마 사장님 눈에는 보이지 않는 모양이었다.

그날 이후, 그것은 계속 내 주변을 맴돌았다. 내가 시를 쓰기 위해 카페에 갈 때도, 친구들과 만나 술을 마실 때도,

아르바이트를 하거나 과외 학생을 만날 때도, 쇼츠를 보며 빈둥거리거나 혼자서 배달 음식을 먹을 때도, 어디선가 갑자기 나타났다가 이내 사라지곤 했다.

혹시 귀신이 붙은 게 아닐까? 그런데 어째서 무섭게 느껴지지 않을까? 매일 따라다니니까 익숙해져서 그런가? 영화나 드라마에서 본 귀신의 형상이 아니라서 그런가? 혀가 뽑혀 있거나 피를 줄줄 흘리고 있지 않아서 그런가? 나는 생각을 이어가다가 고개를 저었다. 아니지, 아니지. 그런 게 세상에 존재할 리가 없잖아. 아무래도 시신경이나 뇌에 문제가 생긴 게 분명해. 나는 이 문제를 의학적으로 해결하고 싶었고, 그래서 선우에게 연락을 했던 것이다.

병원에 다닌 지 두 달이 지나고 있었다.

병원에서 처방 받은 약을 꼬박꼬박 챙겨
먹었는데도 별다른 변화는 느끼지 못했다.
나는 계속 헛것을 보았고, 여전히 매사에
의욕이 없었다. 방에는 온갖 잡동사니들만
쌓여갔고, 나는 그것을 치울 엄두조차 내지
못했다. 끼니를 때우는 것도 마찬가지였다.
입맛이 없어 제때 식사를 챙겨 먹지 못할
때가 많았고, 요리하는 게 귀찮아 늘
배달 음식을 시켜 먹었다. 일상이 이렇게
망가져 있으니 당연히 아르바이트조차
제대로 할 수가 없었다. 늦은 오후에 잠깐
나가 어린아이들에게 책 읽기를 시키는
일이었는데도 매일 지각하기 일쑤였다.
이러다가는 곧 잘릴 수도 있다는 생각이
들었다.

    일주일에 한 번 하는 과외도
마찬가지였다. 애는 시를 쓰고 싶은 게 맞나,

아니면 그냥 대학에 가고 싶은 건가. 별다른 의욕도 없이 앉아서 꾸역꾸역 시를 쓰는 과외 학생만 보면 짜증이 치밀었다. 어쩌면 외면하고 싶었던 내 모습을 그 아이에게서 봤기 때문일지도 모르겠다. 나 또한 짧은 시 한 편 제대로 쓰지 못해 마감을 몇 번이고 미루곤 했으니까.

나는 나 자신에게 하고 싶은 말을 과외 학생에게 쏟아냈다. 시를 사랑하는 마음을 소중히 여겨야 한다는 둥, 자신이 쓴 것을 믿어야 한다는 둥, 지치지 않고 계속 써나갈 수 있는 힘을 길러야 한다는 둥. 그때마다 과외 학생은 권태에 찌든 표정을 짓고 있었다. 아마 내 말은 귓등으로도 듣지 않았겠지. 그러다가 또 하루는 과외 도중에 갑자기 서럽게 울기도 했다.

"선생님, 저 시 못 쓰겠어요."

나는 과외 학생이 우는 이유를 이해할 순 없었으나, 이유야 어찌 되었건 이때다 하고 나도 함께 울고 싶었다. 그래, 우리 다 때려치울까? 아무것도 못하겠으면, 그냥 아무것도 하지 말자, 너도 그만하고 나도 그만하는 거야, 라고 말하고 싶었지만, 나는 목까지 차오르는 말들을 애써 꾹꾹 참아야 했다. 너나 나나, 참.

내가 이렇게 위태로운 나날을 보내는 동안에도 그것은 여전히 내 눈앞에 나타났다가 사라지기를 반복했다. 아무래도 이제는 약 말고 다른 방법을 찾아야 할 때가 온 것 같다고 생각했다.

그렇다고 뾰족한 방법이 있던 건 아니었다. 다만, 신을 한번 믿어보기로 했다. 만약 정신적인 문제가 아니라면, 그건 신의 영역에서만 알 수 있는 일일 테니까. 나는 점집에 꽂혀 있는 빨간색과 하얀색 깃발을 보며 생각했다. 이제는 정말 이 방법밖에 없는 것 같다고.

점집 안에 들어서자 무당이 나를 반갑게 맞아주었다. 영화나 드라마에서 본 것처럼 센 인상은 아니었다. 수수한 얼굴에 편안한 옷을 차려입고 있었다. 마치 이모네 놀러 온 것 같은 그런 느낌이랄까……. 무당은 내게 생년월일을 물었다. 그 외에 다른 건 묻지 않고, 곧장 눈을 감고 방울을 흔들었다.

"죽은 것도 아니고, 이게 도대체 뭐냐."

방울 소리가 지나간 후에 무당이 내게 처음 뱉은 말이었다. 무당은 고개를 갸우뚱하더니 계속 이어갔다.

"왜 죽은 사람처럼 안 느껴지지. 젊은 여자 같은데. 혹시 최근에 원한 산 적 있어?"

나는 무당 손에 쥐어진 무령을 바라보며

생각했다. 원한이라니, 그럴 리가. 사소한 갈등이 있었던 친구들 몇몇의 얼굴이 머릿속을 스쳤지만, 그렇다고 그들이 내게 원한까지 가졌을까 싶었다.

"그런데 죽은 사람 같지는 않다는 게 무슨 말씀이에요? 그럴 수도 있는 거예요?"

"그건 나도 모르지. 그냥 보이고 느껴지는 대로 말하는 거니까. 아니, 그런데 이거 무슨 일이냐."

"왜요? 많이 안 좋아요?"

무당은 잠시 눈을 감고 주의를 집중했다.

"음, 누군지는 모르겠는데. 지금 이 사람, 너한테 굉장히 서운한 것 같아. 죽은 사람이면 들리는 말이라도 전해주겠는데, 이건 도대체 뭔지 모르겠어. 그래도 겁을 준다든지, 아프게 한다든지, 그런 해코지는 안 하는 것 같은데?"

"네, 맞아요."

"그럼 그냥 살아."

"네?"

"그럼 그냥 살아도 되지, 뭐."

무당은 대수롭지 않다는 듯 말하며 무령을 상 위에 올려놓았다. 점사는 이대로 끝난 건가. 정말 이게 다인가? 나는 아쉬운 마음에 그것을 내게서 떼어낼 방법이 정말로 없느냐고 되물었다. 그러자 무당은 정 신경이 쓰이면 부적 정도는 써줄 수 있다고 했다.

결국 나는 이십만 원짜리 부적을 쓰고 점집을 나왔다. 과연 잘한 짓일까. 이게 정말로 효험이 있을까. 왠지 모르게 호구가 된 것 같은 기분을 지워버릴 수 없었다. 무언가에 홀린 것 같기도 하고, 약간 사기를 당한 것 같기도 하고.

나는 정신을 차리고 골목을 둘러보았다. 훤한 대낮이었지만 골목에는 아무도 보이지 않았다. 그런데 도대체 그 여자는 누구일까.
죽은 사람이 아니라면, 그러니까 이승을
떠도는 영혼이 아니라면 도대체 뭘까.
나는 그것이 또 나타나지 않기를 바라며
조심스럽게 골목을 빠져나왔다.

❖

 결국 나는 송해담 시인의 낭독회를 갔다.
상황이 이렇게 된 이상, 그렇게라도 하지
않으면 안 될 것 같았기 때문이다. 물론
행패를 부리려는 건 아니었다. 시인의 멱살을
잡고 모두 당신 때문이라고, 모든 걸 원래대로
돌려놓으라고, 따지고 들어도 모자랄
판이었지만. 어쨌든 나는 그의 멱살을 잡는
대신 책방 한편에 앉아 마음속으로 기도했다.
 제발, 제발, 나를 한 번만 봐주길.

내가 여기에 있다는 걸 알아주길.

그런데 내 기도가 통했던 걸까. 낭독을 마친 시인이 시집을 무릎에 내려놓으며 내 쪽을 보았다. 혹시 내가 보이는 건가? 정말로 나를 보는 게 맞나? 나는 어색하게 손을 흔들어보았고, 시인은 내게 인사하는 대신 고개를 갸우뚱했다. 무언가 이상한 낌새를 느낀 게 확실해 보였다.

그날 이후, 나는 줄곧 그의 주변을 맴돌았다. 그가 카페에서 시를 쓸 때도, 친구들과 술을 마시며 푸념을 늘어놓을 때도, 아르바이트를 할 때도, 우는 과외 학생을 달래며 티슈를 건넬 때도, 심지어는 침대에 누워 쇼츠를 볼 때도. 이렇게 따라다니다 보면 언젠가는 내 존재를 알릴 수 있겠지, 그리고 이 문제를 해결할 방법도 찾게 될 거야, 하고 막연하게 생각하면서. 한편으로는

그의 사생활을 침해하는 것 같아 마음이 조금
불편하기도 했지만, 그래도 내게는 어쩔 수
없는 일이었다. 내가 이렇게 된 건 순전히
그의 탓이었으니까.

    몇 달 전, 나는 합정에 있는 한
이자카야에서 우연히 그를 보았다. 그러니까
퇴근 후에 혼자서 저녁 식사 겸 술을 마시러
갔다가, 평소 가장 좋아했던 시인을 만나게
된 것이다. 그는 구석 자리에 앉아 친구와
술을 마시고 있었다. 이미 취기가 올라 있는
상태였고 꽤나 진지한 이야기가 오가는
듯했다. 그들이 하는 이야기를 엿들으려고
했던 건 아니었다. 자리가 좁아 자연스럽게
들렸던 거지.
    그들의 테이블에서는 예술에 대한 자조
섞인 말들이 오고 갔다. 요즘 같은 시대에

누가 책을 사냐, 누가 시 같은 걸 읽겠냐, 아무도 안 읽는 것 같다, 댓글 하나 제대로 달리지 않는다, 이제 어디 가서 시 이야기를 꺼내면 바보 취급당한다……. 나는 구석에서 들려오는 소리에 귀를 기울이며, 입안 가득 스시를 채워 넣었다. 그러고는 생각했다.

누가 책을 사냐고? 내가 사는데?

누가 시 같은 걸 읽느냐고? 내가 읽는데?

그럼 나는 바보인가? 정말로 나는 바보인가?

나는 스시를 우물거리고 먹다가 맥주 한 잔을 들이켰다. 그러자 입안에 남아 있던 스시가 맥주와 함께 씻겨 내려갔다.

내가 시를 얼마나 좋아하는데.

내가 당신의 첫 시집을 얼마나 좋아했는데.

나는 맥주를 한 모금 더 들이켰다. 왠지

모르게 실연을 당한 기분이었다. 이 실망감을 어쩌지, 이 배신감을 어쩌지. 고주망태가 되어 눈물이라도 흘려야 하나. 설레는 마음으로 시집을 고르고, 한 문장 한 문장 감탄하며 아껴 읽었던 날들이 모두 헛되게 느껴졌다. 마치, 속이 텅 빈 듯.

 그날 이후 내 몸은 서서히 사라지기 시작했다. 처음에는 다리가 사라졌고, 그다음에는 몸통, 그다음에는 팔과 어깨가 사라져버렸다. 얼굴만 남게 되었을 때, 이대로는 더 이상 일을 하기 어렵다고 판단했다. 단두대에 처형된 귀신도 아니고 이렇게 얼굴만 둥둥 떠서 돌아다닐 순 없었으니까. 결국 일을 그만둔 지 얼마 지나지 않아, 나는 이목구비마저 잃게 되었다. 몸의 감각은 여전히 남아 있었지만 눈에 보이는 건 없었다. 거울 앞에 서도 내가 보이지 않았다.

정확히 말하자면, 나만 보이지 않았다. 이 세상에서 나만 말끔하게 지워진 것이다.

내 존재를 알아주길 바라는 마음으로 시인을 따라다닌 지 두 달이 지났을 무렵이었다. 나는 그가 잠든 걸 확인한 후 혼자서 한강에 갔다. 죽으려고 했던 건 아니었고 그냥 바람이나 좀 쐬려고. 한강 변 벤치에 앉아 혼자 시간을 보내고 있었는데, 누군가 내게 말을 걸어왔다.

"혹시 담배 좀 피우나?"

40대 후반쯤 되어 보이는 아저씨였는데, 행색부터가 심상치 않았다. 그는 긴 머리를 찰랑거렸을 뿐만 아니라, 해골이 그려진 티셔츠에 검은 가죽 바지를 입고 있었다. 심지어 바지에 체인까지 달고 있었다.

"아니요, 담배 없는데요."

나는 그를 경계하며 답했다. 그러자 그는 한숨을 쉬며 내 옆자리에 앉았다.

"담배 없는 삶은 폐 없이 숨을 쉬는 거나 마찬가지야. 그러니까 그건 가스오부시 없는 타코야끼나 마찬가지라고……."

아무래도 정신 나간 사람인 것 같아 자리를 뜨려는 순간, 불현듯 뭔가 이상하다는 생각이 들었다. 근데 지금 이 사람, 혹시 내가 보이는 건가? 어떻게 나한테 말을 걸 수가 있지?

"아저씨, 제가 보여요?"

아저씨는 고개를 끄덕이며 말했다.

"그럼, 딱 보니까 나랑 비슷한 처지구만 뭐."

나는 아저씨를 위아래로 훑었다. 도대체, 도대체 어디가 자기랑 같은 처지라는 거야. 다리 라인이 적나라하게 보이는 반질반질한

가죽 바지는 차마 눈 뜨고 봐주기가 어려웠다.

"어딜 봐서요?"

"너도 네가 안 보이잖아."

이어지는 아저씨 말에 따르면, 자기는 이렇게 지낸 지 꽤 되었다고 했다. 아마 10년은 더 된 것 같다고. 그래도 잘 찾아보면 세상에는 우리 같은 사람들이 많다고 했다. 자기 자신은 안 보여도, 알아볼 사람들은 서로를 다 알아본다고. 나는 그게 무슨 말인지 한 번에 이해하기 어려웠다.

"그러니까 지금 아저씨 눈에는 아저씨가 안 보인다는 거예요? 제 눈에 제가 안 보이는 것처럼?"

"그래, 똑똑하네. 너 혹시 석사냐?"

"아, 뭐야. 놀리는 것도 아니고."

"나는 노브레인이다."

그 말에 나는 한숨이 절로 나왔다. 애써

웃기려고 노력하는 것 같아 마음이 안 좋기도 했고······.

"노브레인이 누군지는 저도 알아요. 룩, 룩, 룩셈부르크, 아, 아, 아르헨티나. 그거잖아요. 초등학생 때 많이 불렀어요."

"오, 제법이구나."

아저씨는 대견하다는 듯이 나를 보았다. 그러고는 갑자기 동공이 확장되더니 미치광이처럼 내게 물었다.

"그럼, 퀸은 아니? 건즈 앤드 로지스는? 레드 제플린은? 롤링 스톤스는? 핑크 플로이드는? 레드 핫 칠리 페퍼스는? 설마 메탈리카를 모르는 건 아니겠지?"

사실 잘 몰랐지만 그냥 안다고 했다. 그걸 묻는 아저씨의 눈빛이 너무도 간절했기 때문이다. 그러니까 내가 그들이 누군지 알고 있기를 간절히 바라는······. 하지만 솔직해져야

하는 순간에는 솔직하게 답했다.

"지금 내 모습은 어떠니?"

"구려요."

"음, 너도 그렇단다."

처음 만난 낯선 사람이었지만, 그래도 아저씨에게는 내 사정을 이야기해도 좋을 것 같았다. 왠지 이 사람만큼은 나를 이해해줄 것 같은 느낌이었다고나 할까. 그래서 나는 묻지도 않은 이야기를 늘어놓기 시작했다. 그러니까 내가 살아온 과정부터 현재 이렇게 된 이유까지 모두 다. 그러고 나서 나는 아저씨에게 물었다.

"원래대로 돌아갈 방법이 있을까요?"

"그걸 알았으면 내가 지금껏 이러고 살았겠니."

맞는 말이었다. 아저씨는 담배나 같이 구하러 가자고 했다. 나는 담배도 안 피우는데 어째서 같이 가느냐고 물었더니 사람들을 소개시켜주고 싶다고 했다. 홍대 쪽에 가면 우리 같은 사람들이 더 있으니, 담배도 구할 겸 같이 가면 좋지 않겠냐고 했다. 얼떨결에 설득된 나는 아저씨와 함께 길을 나섰다.

 아저씨는 아주 오래된 펍으로 나를 데려갔다. 그곳은 지하에 있었는데, 아래로 내려가는 계단부터 범상치가 않았다. 문틈으로 시끄러운 음악이 흘러나오고 있었고, 벽에는 록스타 사진이 잔뜩 붙어 있었다. 그 위로는 촌스러운 트리 조명이 빛나고 있었다. 크리스마스도 아닌데.
 "혹시 저기가 지옥인가요?"
 "아니, 낙원이지."
 아저씨를 따라 내려갔더니 눈이 아플 정도로 자욱한 담배 연기가 시야를 가렸다.

실내 흡연이 금지된 지가 언제인데, 이거 완전 신고 대상이구만. 미간을 찌푸리며 담배 연기를 통과하자, 삼삼오오 모여 술을 마시는 사람들이 보였다. 하나같이 두 눈을 의심하게 만드는 사람들뿐이었다. 그러니까 이 가죽 바지 아저씨 같은 사람들이 더 있었던 것이다. 빨간색 인조가죽 바지를 입은 아저씨부터 두건에 해골 문신을 한 아저씨까지. 모두 아저씨의 친구들이었다.

"혹시 마약 소굴인가요?"

"그건 양아치들이나 하는 짓이야. 진정으로 록을 사랑하는 사람이라면 그런 양아치 짓은 안 해."

어라, 근데 아까 나한테 담배를 삥 뜯지 않았나, 그건 양아치 짓이 아닌가, 하는 생각이 떠올랐지만 입 밖으로 내뱉진 않았다.

어쨌든 나는 침착하게 주변을 살폈다.

둘러보니 한편에는 모히칸 머리에 원주민 부족처럼 옷을 입은 청년도 있었고, 흰 수염에 한복 입은 할아버지도 있었다. 당최 뭐 하는 사람들인지 알 수가 없었다. 그나마 짐작이 갔던 건, 스냅백에 금 목걸이를 한 아저씨들이었다. 아마 옛날 래퍼들인 것 같았다. 더 안쪽까지 살펴보니, 구석진 자리에서 아주머니 한 분이 위스키를 마시고 있었다. 화려한 무대 의상에 짙게 그린 아이라인이 인상적이었다.

"그런데 저분은 누구세요?"

"재즈 가수야."

"여기는 록의 성지가 아니었나요?"

"아니지, 보면 모르겠어? 다 우리 같은 사람들이야."

나는 그 말을 이해할 수 없어 저기 구석에서 혼자 글을 쓰고 있는 사람을 가리키며 물었다.

"그럼 저 사람은요?"

"시네필이지. 평론도 쓰는 것 같던데."

일단 저 사람은 피하고 봐야겠다는 생각이 들었다. 겉으로는 가장 멀쩡해 보여도, 어쩌면 이 중에 제일 미쳐 있는 사람일 수도 있었다. 보통 미치지 않고서야 이렇게 시끄럽고 어두운 공간에서 글을 쓸 수는 없을 테니까. 나는 다시 고개를 돌려 아저씨 친구들을 봤다. 겉모습은 무서워도 마음은 따뜻한 분들일지 모른다는 생각이 들었다.

"한강에서 만났어. 록을 좀 알더라고, 그래서 데려왔어."

아저씨는 나를 소개했다. 그러자 빨간 인조가죽 바지 아저씨가 나를 보며 말했다.

"헤비메탈보다는 비틀스 스타일이네. 단정하고 세련된……."

"아니야, 애 완전 노브레인이야."

나는 고개를 끄덕였다. 그러자 해골 문신 아저씨가 내게 관심을 보이며 물었다.

"그럼 우리 친구네. 그런데 너는 누구를 좋아하다가 이렇게 된 거야? 핑크 플로이드? 아니면 데이비드 보위?"

"아니요, 저는 시를 읽다가 그만……."

차마 말을 다 하기도 전에 눈물부터 터져 나왔다. 내가 울자 록스타 아저씨들은 나를 위로해주었다. 빨간 인조가죽 바지 아저씨는 내 어깨를 토닥여주었고, 해골 문신 아저씨는 내게 말해주었다. 이곳에서는 시집을 마음껏 읽어도 좋다고.

❖

　　부적이 효과가 있었던 걸까.
　　정말로 그것은 영영 사라진 걸까.

　　그것은 어느 순간부터 보이지 않았다. 그럼에도 나는 혹시나 하는 마음으로 늘 주변을 둘러보았다. 카페에서 시를 쓰다가도 고개를 들어 주위를 살폈고, 친구들과 술을 마시며 푸념을 늘어놓을 때도 다른 테이블을 슬쩍 쳐다보았다. 그러다가 문득 깨달았다. 내가 그것을 애타게 찾고 있다는 사실을 말이다. 지금껏 그것을 떼어놓으려고 그렇게 애를 썼는데, 병원도 가고 점집도 가고 별짓을 다 했는데, 막상 그것이 더 이상 눈에 보이지 않게 되자 허전함을 느꼈던 것이다.
　　나는 선우에게 전화를 걸었고, 그동안

있었던 일들을 이야기했다. 선우는 내 이야기를 다 듣고는 깔깔 웃어댔다.

"이야, 너 정말 별짓을 다 했구나."

"그런데 정말 신기하지 않아? 부적을 쓰니까 진짜 사라졌어. 나도 믿고 싶지 않은데 진짜 그런 일이 벌어졌다니까?"

"그거 플라시보 아니야?"

선우는 끝까지 내 말을 믿지 않는 눈치였다.

"진실이야 어쨌건 잘됐네."

"그런데 문제는 그 그림자가 다시 보고 싶어졌다는 거야. 안 보이니까 허전해."

선우는 내가 애써 문제를 만드는 사람이라고 했다. 사는 데 아무런 문제가 없어도 문제를 만들면서 괴로워하는 사람이라고. 그리고 덧붙여 말했다.

"너는 변태야. 고통을 사랑하잖아."

나는 기분이 상한 채 전화를 끊어버렸다. 하지만 사실은 선우 말이 틀리지 않았다는 걸 알고 있었다. 나는 애써 고통을 찾아다녔을 뿐만 아니라, 고통을 사랑하고 있었으니까. 어린 시절 무릎에 난 피딱지를 손톱으로 뜯어냈던 것처럼, 흔들리는 치아를 내 손으로 잡아 뽑았던 것처럼, 내게 항상 모진 말을 하는 부모를 끝까지 믿었던 것처럼, 나를 좋아하지 않는 사람을 사랑했던 것처럼.

며칠 후, 선우에게 연락이 왔다. 신점 같은 건 믿지 않는 줄 알았는데 갑자기 자기도 점집에 한번 가보고 싶다는 것이었다. 혼자서 가는 건 무섭다고 자기와 같이 가달라고 부탁했다.

나는 선우와 아침 일찍 만나 그 점집을 찾았다. 무당은 그때처럼 생년월일을 물었고,

선우가 먼저 날짜를 불렀다. 무당은 또다시 방울을 흔들었다. 나지막이 주문 같은 걸 외면서. 잠시 후 방울 소리가 그치고 무당은 잠깐 생각에 잠겨 있다가 한마디 했다.

"음, 마음이 허하고 외롭구나."

무당이 한마디 했을 뿐인데, 선우는 갑자기 울먹이며 묻지도 않은 자기 이야기를 술술 하기 시작했다. 사실은 밤에 잠을 잘 못 잔다고, 요즘에는 별 이유도 없이 눈물이 나온다고, 연기를 계속하는 게 좋을지 모르겠고, 오디션을 볼 때마다 떨어진다고, 좋은 기회가 오기나 할는지 모르겠다고, 줄줄 이어서 말했다. 병원에서도 이랬을까. 의사 선생님이 별다른 질문을 하지 않았는데도 이렇게 속마음을 줄줄 말했던 걸까. 선우가 하고 싶은 말이 많았구나. 결국에는 자기 이야기를 할 곳이 필요했구나. 거기 다니면서 상태가 많이 좋아졌다고 하더니 늘 밝은 모습만 봐서 나는 몰랐지. 그동안 친구로서 선우에 대해 아는 게 별로 없었다는 생각이 들어 미안했다.

"조금만 더 기다려봐. 응, 조금 더 기다리면 좋은 날이 올 거라고 하신다. 빛이 나고 흥이 난다 하시네."

"오, 정말요? 제발 그랬으면 좋겠네요."

선우의 얼굴에는 화색이 돌았다. 나 또한 그 말이 진실이든 아니든, 선우에게 꼭 그런 날이 오기를 바랐다. 선우는 마음이 한결 나아졌는지 자기는 이제 괜찮다며 내게 자리를 비켜주었다. 나는 자리에 앉자마자 부적의 효험에 대해 이야기했다. 정말 놀라운 경험이었다고, 감사하다고도 덧붙였다.

"저를 따라다니던 그게, 그러니까 그 여자가 정말 사라진 게 맞죠?"

"응, 그렇지."

"다시 돌아오게 할 순 없겠죠?"

내가 묻자, 무당은 인상을 찌푸리며 나를 이상한 사람 보듯 했다. 그러더니 그럼 부적을 다시 쓰라고 했다. 그런데 이번에는 삼십만 원이라고 했다. 나는 큰 고민 없이, 흔쾌히 돈을 지불했다.

점집을 나오며 선우는 내게 말했다. 바보냐고, 세상에 그런 걸로 부적을 쓰는 사람이 어디 있냐고, 돈이 남아도냐고 했다. 방금 전까지 울면서 속사정을 토로하던 것과는 전혀 다른 냉정한 모습이었다. 어쨌든 점을 보고 나온 우리는 이대로 헤어지기 아쉬워 오랜만에 영화를 한 편 보기로 했다. 때마침 선우가 요즘 보고 싶었던 영화가 있다고 했다.

가장 가까운 극장은 걸어서 20분 정도

거리에 있었다. 지하철을 탈 수도 있었지만,
우리는 오랜만에 걸어보기로 했다. 처음에는
호기롭게 걷기 시작했지만, 막상 걷다 보니
날이 많이 쌀쌀했다. 나는 코트 단추를 목까지
잠그며 말했다.

"좀 춥다."

"원래 살짝 춥게 지내야 건강에 좋대"

"살짝 추운 게 아닌데."

"그런데 이렇게 오랜만에 걸으니까 좋다.
대학생 때로 돌아온 것 같다, 그치?"

"그때는 이렇게 춥지 않았는데."

우리는 함께 걸으며 대학 시절에 있었던
일들에 대해 이야기했다. 누가 누구를
좋아했고, 또 누가 누구한테 차였는지. 누가
어떤 멍청한 말과 행동을 했는지, 지금은
어떻게 살고 있는지. 그때 우리가 얼마나 바보
같았는지, 또는 얼마나 순수했는지. 그리고

지금은 왜 그때와 같을 수 없는지.

　그때와 같지 않은 건 극장도 마찬가지였다. 아무리 평일 오전이라 해도 그렇지, 사람이 이렇게 없는 건 처음 보는 것 같았다. 심지어 매표를 해주는 사람이나 팝콘을 퍼주는 사람도 없었다. 우리는 극장에 오랜만에 와서 이런 분위기일 줄은 몰랐다고 말하며, 키오스크를 통해 영화를 예매했다.
　선우가 보고 싶다고 한 영화에는 개를 끌고 다니는 시인이 나왔다. 특별한 내용이 있는 건 아니었고, 두 시간 내내 시인 혼자서 개를 끌고 다니며 현학적인 이야기를 마구 늘어놓는 그런 영화였다. 영화 속에서 시인은 말했다.

　"내 길을 계속 나아가려는 초자연적인

노력 한가운데서, 나는 그때 정신이 들었으며,
내가 다시 인간으로 돌아온 것을 느꼈다.
섭리는 이렇게 꿈에서라도 내 숭고한 계획이
성취되는 것을 바라지 않는다는 뜻을,
납득할 수 없는 것은 아닌 방식으로, 나에게
이해시켰다. 내 원래의 형태로 되돌아온 것이
나에게는 매우 큰 고통이어서 밤이면 밤마다
나는 아직도 울고 있다."•

또 다른 어떤 날, 시인은 개를 산책시키며
말했다.

"나는 나를 닮았을 영혼을 찾고 있었는데,
발견할 수 없었다. 이 땅의 구석구석을 뒤졌으나
나의 끈기는 헛일이었다. 그렇다고 내가

• 로트레아몽,《말도로르의 노래》, 문학동네, 186쪽.

홀로 있을 수는 없었다. 내 성격을 지지해줄 누군가가 필요했던 것이다. 나와 같은 생각을 지닌 누군가가 필요했다."•

　무슨 말인지 도통 알아들을 수 없었지만, 그래도 나는 그 말들이 나를 스쳐 지나도록 두는 게 좋았다. 고개를 돌려보니 선우는 이미 잠든 상태였고, 나 또한 이내 눈을 감아버렸다. 영화가 어떻게 끝났는지는 알 수 없었다.
　극장을 나오니 세상이 눈부시게 밝았다. 이른 아침부터 돌아다녀서 그런지, 영화를 봤는데도 해가 아직 중천에 떠 있었다. 선우는 햇살에 눈을 찌푸리며 기지개를 켰다. 그러고는 말했다.

• 같은 책, 106쪽.

"우아, 다시 태어난 것 같아."

"그래, 너 엄청 자더라."

"그래도 나는 좋았어. 보다가 잠들어도 용서해줄 것 같은 영화잖아. 마음이 넓은 그런 영화."

아무래도 이 시간에 이런 영화 보러 오는 사람들은 우리밖에 없는 듯했다. 영화가 상영되는 내내, 상영관 안에는 우리 둘뿐이었으니까. 우리는 잠을 깨려고 걷기 시작했다. 다행히 햇살 때문에 아까보다는 훨씬 따뜻했다. 한편 주변 빌딩에서는 직장인들이 쏟아져 나오기 시작했다. 때마침 점심시간이었던 것이다. 우리는 그들 사이를 걸었다.

❖

　　이곳에서의 생활도 점점 익숙해져가고 있었다. 나는 매일 저녁마다 펍에 들러 시집을 읽거나 사람들과 술을 마셨다. 그리고 그곳에서 많은 것들을 알게 되었다. 스냅백 모자를 쓴 아저씨 무리로부터 힙합의 정신을 알게 되었고, 아이라인이 인상적인 재즈 가수로부터 빌리 홀리데이와 아니타 오데이의 음악을 알게 되었다. 그뿐이 아니라, 당최 뭐 하는 사람들인지 알 수가 없었던 사람들에 대해서도 알게 되었다. 모히칸 머리에 원주민처럼 옷을 입은 청년은 빈티지를 사랑하는 사람이었고, 흰 수염 할아버지는 판소리에 한평생을 바친 무형문화재였다. 그리고 구석에서 혼자 글을 쓰던 시네필도 그리 이상한 사람이 아니란 걸 알게 되었다.

그는 과학이나 역사에 해박했을 뿐만 아니라, 시를 사랑하기까지 했다. 한번은 내게 다가와 이렇게 말한 적도 있었다.

"시와 영화는 쌍둥이 같은 존재죠."

손발이 오그라드는 말이긴 했지만 맞는 말이라고 생각했다. 그리고 한편으로는 그런 말을 아무렇지 않게 할 수 있는 사람이 아직 이 세상에 존재한다는 사실이 놀랍기도 했다. 아니, 사실은 반가웠달까.

오늘도 나는 고개를 들어 주변을 둘러보았다. 역시나 하나같이 두 눈을 의심하게 만드는 사람들뿐이었다. 그러나 이제 나는 알고 있었다. 겉보기에는 조금 이상해도 다들 따듯한 사람이라는 것을 말이다. 언젠가 아저씨가 했던 말, 그러니까 알아볼 사람들은 서로 다 알아본다는 말을 이제 이해할 수 있을 것 같았다. 나를 이곳에

데려와준 가죽 바지 아저씨에게 감사한 마음이었다. 다리 라인이 적나라하게 보이는 반질반질한 가죽 바지는 여전히 눈 뜨고 봐주기가 어려웠지만.

다음 날 나는 아저씨와 함께 한강에 갔다. 기분이 좋을 정도로 걷다가, 우리가 처음 만났던 벤치에 앉아 대화를 나눴다. 펍에서 만난 사람들 이야기에서 시작해, 몸이 사라지기 전에 있었던 일들까지.

"그래서 그 시인은 다시 안 봐도 괜찮겠어?"

"네, 이제는 괜찮아요."

"실망이 오래가지 않았으면 좋겠다. 그 사람도 사정이 다 있었겠지. 사람은 살다 보면 그런 멍청한 소리도 할 수도 있는 거란다. 그런 일 때문에 시를 사랑하는 마음이 변해서는 안 돼."

"시를 사랑하는 마음을 알아요?"

"그럼 알지. 시와 록은 쌍둥이 같은 존재니까."

"그건 시네필 말을 인용한 거잖아요."

"맞다. 그냥 넘어가라. 사람이 그럴 줄도 알아야 돼."

나는 고개를 끄덕였다. 그러자 아저씨는 찰랑거리는 머리카락을 뒤로 넘기며 말했다.

"어쨌든 사랑해라. 그게 록의 정신이야."

그건 하느님 말씀 아닌가, 하는 생각이 들었지만 아저씨 말대로 그냥 넘어갈 줄도 아는 사람이 되고자 나는 입을 다물었다. 그랬더니 아저씨는 자기가 하고 싶은 말을 이어갔다. 그러니까 퀸과 건즈 앤드 로지스가 얼마나 위대한 밴드인지에 관해, 레드 제플린이 얼마나 멋진 밴드인지에 관해. 어찌나 신이 났는지, 말할 때마다 긴 머리카락이 찰랑거렸다. 이따금 부는 바람에 긴 머리카락이 휘날리기도 했다. 마치 강이 물결치는 듯, 부드럽게.

"그런데 아저씨는 왜 머리카락 안 잘라요?"

"원래 상남자는 머리 자르는 거 아니야."

"예뻐요."

"고맙다."

그날 밤, 펍에서는 파티가 열릴 예정이었다. 아저씨는 특별히 내가 좋아하는 노래를 불러주겠다고 했다. 도대체 무슨 노래를 부르겠다는 건지 알 수 없었지만, 딱히 물어보진 않았다. 이따가 보면 알게 되겠지.

한편 해골 문신 아저씨는 파티가 시작되기 한참 전부터 기타를 조율했다. 빨간 인조가죽 바지 아저씨는 잠시 장비를 빌리러

나갔다고 했다. 그리고 몇 시간 후, 빨간 인조가죽 바지 아저씨가 펍으로 사람을 한 명 데려왔다.

"내가 새로운 친구를 데려왔어. 록을 좀 알더라고."

놀랍게도 그 아저씨가 데려온 친구는 그 시인이었다. 어떻게 이런 일이 벌어진 걸까. 그가 여기까지 오게 되었다는 건, 자기 자신이 보이지 않게 되었다는 뜻일 텐데. 상황 파악이 제대로 되지 않았지만, 그와 눈이 마주친 순간 나도 모르게 말이 튀어나왔다.

"이제 제가 보여요?"

그는 고개를 끄덕였다. 그러고는 내게 물었다.

"혹시 우리 어디선가 본 적이 있나요?"
"네, 가까이에서 본 사이죠."

내 말을 듣고 고개를 갸우뚱하는 걸 보니,

그는 아직 상황 파악이 안 된 것 같았다. 상황 파악이 안 된 건 록스타 아저씨들도 마찬가지였다. 빨간 인조가죽 바지 아저씨는 우리에게 일단 자리에 앉으라고, 앉아서 이야기를 좀 나누며 친해지라고 했다. 그러고는 다른 아저씨들과 함께 무대 위로 올라갔다. 공연을 시작할 모양이었다.

무대가 세팅되는 동안, 우리는 테이블을 사이에 두고 어색하게 앉아 있었다. 나는 내 이야기를 어디서부터 어떻게 하면 좋을지 고민했다. 그런데 그때 그가 먼저 말을 걸었다.

"우리가 언제 가까이에서 봤었죠?"

그건 내가 말을 시작하기 아주 좋은 질문이었다. 나는 용기를 내어 입을 열었다. 그동안 내가 겪었던 일들 전부를. 그러니까 이자카야에서 우연히 만났던 일부터 내가 이렇게 되기까지의 일들을 모두 다 이야기하고자.

그는 내 이야기에 귀를 기울여주었다. 이따금 고개를 끄덕이기도 하고 심각한 표정을 짓기도 하면서. 그러다가 이내 동공이 커지더니 금방이라도 울 것 같은 표정을 지었다. 아마 크게 놀랐겠지. 어느 순간 머릿속에서 퍼즐이 맞춰졌는지, 그는 이제야 이해가 된다는 듯 고개를 크게 끄덕였다. 그리고 내 모든 이야기가 끝났을 때, 그는 주머니에서 부적을 꺼내며 말했다.

"그렇지 않아도, 한 번쯤 꼭 보고 싶었어요."

어째서 그는 내게 부적을 내밀며 이런 말을 하는 걸까. 내가 질문을 하려는 순간, 갑자기 조명이 꺼졌다. 거의 동시에 드럼 소리가 펍 전체에 울리기 시작했고, 이내 귀를

찢을 듯 강렬한 일렉 기타 소리가 이어졌다.
공연이 시작된 것이다. 가죽 바지 아저씨는
미러볼 불빛 아래서 나를 보며 찡끗 웃더니
거칠게 마이크를 잡으며 노래를 시작했다.

살다 보면 그런 거지
우후 말은 되지

크라잉넛의 노래였다. 내가 좋아하는
노래를 불러준다더니, 이걸 부르려고 했던
건가. 저런 바보 아저씨 같으니라고. 설마
이 노래를 노브레인의 노래라고 착각한
건 아니겠지. 그 사실을 아는지, 모르는지
아저씨는 잔뜩 흥에 취해 사람들에게
일어서라는 제스처를 보냈다. 사람들이
하나둘씩 자리에서 일어나 춤을 추기
시작했다.

한편 시인이 내게 뭐라고 말했다. 그러나
음악 소리가 너무 커서 무슨 말은 하는지
하나도 들리지 않았다. 입 모양을 보니
얼핏 미안하다고 말하고 있는 것 같기도
했지만, 그런 진지한 말을 주고받을 분위기가
아니었다.

닥쳐

닥쳐 닥쳐

닥치고 내 말 들어

우리는 달려야 해

바보 놈이 될 순 없어

어째서 여기까지 오게 된 거냐고,
어쩌다가 몸이 사라진 거냐고, 그리고
도대체 이 부적은 뭐냐고. 나는 그에게 묻고

싶은 게 많았지만, 일단은 잠시 미뤄두기로
했다. 사람들이 너도나도 일어나 춤을 추고
있었으니까. 일이야 어찌 되었건 지금은 춤을
춰야 했으니까.

"우리 그냥 춤이나 춥시다."

나는 음악에 파묻혀 어차피 들리지 않을
말을 뱉고는 그의 손을 잡았다. 그리고 일어나
머리를 흔들기 시작했다. 시인도 어설프게
리듬을 타기 시작했다. 우리는 계속 몸을
흔들었다. 사람들 사이에 섞여서, 사람 냄새를
맡으며. 모두 미친 듯이 몸을 흔들었다.

스냅백을 쓴 아저씨들도,
아이라인을 짙게 그린 아주머니도,
모히칸 머리 청년도,
흰 수염 할아버지도,
시를 사랑하는 시네필도,
시와 음악과 평화를 사랑하는 사람 모두.

내 눈에 보이는 그들은

정말로 하나같이 눈 뜨고 봐줄 수 없는 몸치들이었다. 그리고 그들의 그 바보 같은 몸짓이 어찌나 사랑스럽던지. 알록달록한, 빛나는 미러볼 아래서 일렁이는 그 몸짓을 보니 왠지 모르게 눈물이 날 것 같았다. 아마 그들도 나를 보고 있겠지. 내 눈에는 내가 보이지 않지만. 알아볼 사람들은 서로를 다 알아보는 법이니까. 그러나 이대로 감상에 젖어 울 수는 없었다.

오늘은 하드코어의 밤,

이 바보 같은 춤을 멈추면 안 되는 밤이었으니까.

작가의 말

"영화와 언어와 사랑의 탐색지."

영화비평 매거진 〈FILO〉 표지에 적힌 문구다. 잡지가 출간될 때마다 표지를 장식하는 이 문구는 매번 나를 놀라게 만든다. 영화와 언어와 사랑이라니, 이 세상에 멋진 건 죄다 가져왔잖아. 지나치게 이상적인 말이라는 생각이 들면서도, 그런 이상이 실현 가능하기를 절실히 바랐다. 영화와 언어와 사랑을 탐색하는 그곳에 내가 살고 싶다고…….

일본의 영화평론가이자 작가인 하스미 시게히코는 "지금 세상에서 가장 아름다운 잡지가 이겁니다"라며 〈FILO〉의 존재를 미야케 쇼 감독에게 알려주었다고 한다. 이 아름다운 일화는 씁쓸한 시대상에 대한 반증이기도 하다. 그간 많은 영화비평지가 존폐 위기에 놓였고, 진지한 비평을 찾는 사람들이 줄어들었다는 사실을 말해주니까. 그런데 이런 시대에 여전히 영화비평을 하다니, 또는 비평을 읽다니.

그러나 동시에 〈FILO〉의 존재는 비평을 쓰고 읽는 사람들이 여전히 존재한다는 사실을 확인시켜준다. 거의 불가능에 가까운 일을 해내고 있는 그들이 여전히 존재하고 있다는 사실을 말이다.

미야케 쇼는 〈FILO〉와의 인터뷰에서 "난

150여 년 전에 쓰인 플로베르의 《감정교육》의 프레데리크와 그 주변 인물들도 내 멋대로 친구로 여긴다. 가난한 것, 영화나 음악, 예술을 좋아하는 것, 금방 사람에 빠지는 것, 고독한 것 등등"이라고 말했다.

    예술을 좋아하는 고독한 사람들의 특징 중 하나는 서로를 제멋대로 친구로 여긴다는 것이다. 그건 나 또한 마찬가지다. 나는 한 번도 만나본 적 없는 영화감독과 배우들, 동시대를 산 적 없는 작가들, 영화나 소설 속 주인공들, 예술을 사랑하는 사람 모두를 제멋대로 친구로 여겼다.

    나는 오래전부터 입버릇처럼 말하곤 했다.
"영화 좋아하면 다 친구지."
    영화에 대한 사랑은 국적, 성별, 나이, 출신을 초월하는 것이었다. 심지어는

취향까지도. 쿠엔틴 타란티노의 영화를 좋아하는 사람도 오즈 야스지로를 좋아하는 사람과 친구가 될 수 있었으니까.

고백하자면, 나는 대학 시절 영화과 교수님들도 내 친구로 여겼다. 그렇다고 내가 교수님들께 반말을 하거나 무례를 범했던 건 아니었다. 아니, 오히려 교수님들은 내게 늘 무섭고 어려운 쪽에 가까웠다. 사적인 이야기도 따로 나눠본 적이 없고, 가벼운 질문조차 해본 적이 없지만, 그럼에도 나는 영화를 사랑한다는 점에서 그들과 내적 친밀함을 느꼈다. 우리는 영화적 동맹 관계, 우정을 나누는 사이라고.

교수님들은 젊은 시절에 얼마나 귀여웠을까. 영화 한 편 보겠다고 먼 길을 나서고, 자막도 없는 영화를 이해하기 위해 외국어를 공부했겠지. 미래에 대한 불안을 느끼셨겠지. 영화를 공부하겠다고 미국과 프랑스로 유학길을 떠나고, 낯선 이국땅에서 보냈을 외로운 시간을 떠올리면, 나는 교수님들을 사랑할 수밖에 없었다. 아무리 내게 학점을 짜게 주셔도.

한 교수님은 영화인은 언제나 옷을 잘 차려입어야 한다며, 늘 정장을 말끔하게 차려입고 학교에 나오셨다. 마치 언젠가 보았던 흑백사진 속 프랑스 지식인처럼. 그러나 이에 저항이라도 하듯, 또 다른 교수님은 매주 해골 티셔츠에 워커를 신고 나타나셨다. 긴 머리를 하나로 묶고서. 마치 록스타처럼 말이다. 사실 교수님 대학 시절에 히피였대, 오토바이 타고 다니셨대. 그런 소문이 돌기도 했다. 또 다른 교수님은 매주 다른 애니메이션 티셔츠를 입고 오셨다. 몸이 아픈 날에는 원피스의 쵸파 캐릭터 티셔츠를 입을 거라고 하셨다. 하나같이 수상한 분들이었다.

또 다른 교수님은 오버핏 정장에 스포티한 운동화를 신고 다니셨는데, 수업 때마다 괴상한 실험 영화를 보여주셨다. 학생들은 영화를 보다가 매번 집단 수면 상태에 이르게 되었고, 나조차 예외는 아니었다. 한번은 잠결에 실눈을 뜨고 교수님을 보았는데, 교수님은 맨 앞자리에 앉아 허리를 꼿꼿이 세운 채 영화를 보고 계셨다. 수십 번을 봤을 텐데도.

그 교수님은 종강 때 비틀스의 노래 가사를 칠판에 영어로 적었다. 손수 한 문장씩, 무려 전문을. 아니, 세상에, 교수님. 요즘에는 검색하면 다 나온다고요. 요즘 같은 시대에 누가 가사를 다 외우고 다니냐고요.

나는 교수님이 가사를 지금껏 외우고 있다는 사실에 적이 놀랐다.

    어떤 노래였는지는 기억나지 않지만, 가사를 한 구절씩 읽으며 곡에 대해 설명하시던 교수님의 모습은 아직도 생생하게 남아 있다. 마치 아름다운 것을 혼자만 알고 있을 수 없다는 듯이, 교수님은 자기가 아는 좋은 것들을 우리에게도 나눠주려고 하셨다. 유행이 한참 지난 오버핏 정장을 입고서, 비틀스에 대한 사랑을 열렬히 고백하다니. 나는 그런 교수님이 좋았다.

    훗날, 혁오가 큰 인기를 끌며 나타났을 때 나는 교수님을 떠올렸다. 저거, 저거, 오버핏 정장에 스포티한 운동화, 저거 우리 교수님 패션인데. 나는 교수님이 시공간을 초월하는 중이라고 생각했다.

작년에는 집에서 파리 올림픽 폐막식을 보았다. 톰 크루즈가 등장해 마치 〈미션 임파서블〉의 한 장면처럼 올림픽 바통을 넘겨받았다. 그리고 곧이어 다음 올림픽 개최지를 알리는 무대가 이어졌다.

LA 해변에 설치된 무대 위에서 레드 핫 칠리 페퍼스의 노래가 울려 퍼졌다. 밴드의 보컬인 앤소니 키에디스는 정체를 알 수 없는 망사 옷을 입고 있었고, 베이시스트인 플리는 윗옷을 아예 안 입고 있었다. 노란 치마를 두르고 있었는데, 베이스를 치며 춤을 출 때마다 치마가 펄럭거렸다. 다행히 팬티는 입고 있었다. 그들의 나이는 이제 60대에 접어들고 있었다. 우리 엄마보다 많은 나이였다.

그 무렵에 우연히 레드 핫 칠리 페퍼스의 옛 무대 영상 하나를 보게 되었다. 저화질의

흐릿한 영상 속에서 그들은 연주를 하며 미친 듯이 몸을 흔들고 있었다. 그 순간 불현듯, 언젠가 메모장에 적어둔 소설 제목 하나가 떠올랐다. 바보 같은 춤을 추자. 어떤 이야기를 쓰게 될지는 알 수 없었지만, 언젠가 소설 제목으로 쓰고 싶어 메모해두었던 것이었다. 나는 그 제목과 그들의 춤 사이에 깊은 연관성이 있음을 직감했다. 특히, 베이스를 치며 미친 듯 몸을 흔드는 플리의 춤이, 그 바보 같은 춤이 이미 내 마음을 사로잡았다는 사실을 깨달았다.

이 소설을 쓰는 동안, 레드 핫 칠리 페퍼스의 노래를 들었다. 노브레인과 크라잉넛의 노래를 들었다. 〈말달리자〉는 명곡이 틀림없다고 생각했다. 학창 시절에 내가 노래방에서 크라잉넛의 〈밤이 깊었네〉를 자주 불렀던 것을 기억해냈다. 크라잉넛의 3집 〈하수연가〉의 앨범 커버를 보는데, 왠지 모르게 눈물이 날 뻔했다.

20대 때 내가 일했던 카페의 사장 오빠는 록 밴드를 했다. 마흔이 넘은 지금도 여전히 밴드를 한다. 가끔 홍대로 공연을 하러 온다고 했는데, 잘 지내고 있는지 안부를 묻고 싶어졌다. 또 이 소설을 쓰는 동안, 친구를 따라 홍대로 인디밴드 공연을 보러 갔다. 공연장에 사람들이 가득 찬 걸 보았다. 여전히 인디밴드 공연을 보러 다니는 사람들이 이렇게 많구나. 그 사실이 나를 기쁘게 했다. 그들 속에 있는 게 좋았다.

공연장에 모인 수많은 사람들을 목격한 것처럼, 우리는 서로를 목격할 필요가 있다고 생각했다. 자신과 닮은 영혼을, 차가운 현실에 가려진 채 세상 어딘가를 배회하고 있을 수많은 영혼을. 요즘 누가 그런 걸 보느냐고, 요즘 누가 그런 걸 좋아하느냐고 누군가 말하는 순간에도, 그들은 어디에선가 분명 살아 숨 쉬고 있을 것이다. 그리 많지는 않더라도. 나 또한 그들을 만나고 싶었다.

언젠가 선배는 우스갯소리로 말했다.
"이제 영화 좋아하면 아재야."
해맑게 웃고 다니던 선배는 이제 영화를 좋아하는 아재가 되었다. 영화도 찍고 결혼도 했지만, 여전히 에반게리온 티셔츠를 입고 다니는 아저씨. 왜 그런 티셔츠를 입고 다니느냐고 내가 놀리자, 선배는 나를 보며 말했다. 그러는 너는 어째서 투팍 사커 티셔츠를 입고 있냐고. 우리는 한 살 한 살 나이를 먹으며 유행에 뒤처지고 있었고, 동시에 시공간을 초월하는 중이었다.

우리에게는 시공간을 초월해 만나고 싶은 영혼들이 있었다.

2025년 4월

서이제

서이제 작가 인터뷰

Q. 제목을 보자마자 천계영 작가님 만화 속 명대사 "난 슬플 땐 힙합을 춰"가 생각났어요. 소설집 《0%를 향하여》로 예술과 기술의 부조화에서 파편적으로 방황하는 청춘의 모습을 그려낸 작가님이라면 왠지 저 대사의 맥락과 코드를 녹여주시지 않았을까 싶었고요. 아니나 다를까, 밴드 '레드 핫 칠리 페퍼스'의 무대 영상을 보고 "베이스를 치며 미친 듯 몸을 흔드는 플리의 춤이, 그 바보 같은 춤이"(70쪽) 이야기로 번져갔다는 것에 무릎을 탁 쳤습니다.

《바보 같은 춤을 추자》에는 시인, 록스타, 시네필, 재즈 가수 등 소위 변두리 문화에 자리 잡은 사람들이 속속 등장합니다. 그들은 정말이지 알아볼 사람들만 알아보는 사람들 같고요. 그래서인지 작가님의 소설을 읽으면 마치 사라져가는 유물을 보는 마지막

관람객의 심정을 느끼게 되어요. "거의 불가능에 가까운 일을 해내고 있는 그들이 여전히 존재하고 있다는 사실"(63쪽)을 어렴풋이 목격하게 될 때의 헛헛한 안도감이라고나 할까요? 오직 '진심'만이 전부이고 그것을 다 꺼내 보여도 쉽게 '무용한 것' '바보 같은 것' 취급을 받는 게 또 예술이기에 더욱 애틋한 마음이 들기도 하고요. 작가님은 '예술'을 떠올릴 때 어떤 이미지가 가장 먼저 그려지시나요? 혹시 영화, 음악 등의 키워드를 가져오거나 문화적 감성을 다룰 때 천착하는 지점이 있다면 무엇일까요?

A. 청소년관람불가 영화지만, 사실 초등학생 때 〈사탄의 인형〉 시리즈를 굉장히 좋아했어요. 그 영화를 보고 꽤나 큰

충격을 받았어요. 똑같이 생긴 처키 인형이 컨베이어 벨트 위에서 대량으로 생산되는 모습이 제게는 굉장한 공포로 남았던 것 같아요. 그 당시에는 인지 못 했지만, 시간이 지나면서 그 영화가 제게 얼마나 큰 영향을 주었는지 깨닫게 되었어요. 포디즘에 대한 불편한 감정과 파시즘에 대한 공포가 제 안에 자리하게 된 거예요. 그리고 고등학생이 되었을 때, 우연히 알란 파커 감독의 〈핑크 플로이드의 벽〉을 보게 되었어요. 영화를 보자마자 완전히 매료되었죠. 러닝타임 내내 핑크 플로이드의 음악이 흘러나오는, 에너지 넘치는 영화였거든요. 저는 이 영화를 통해 파시즘과 전쟁, 획일화된 교육제도, 미디어의 폭력성, 포디즘과 물질만능주의…… 이 모든 게 같은 맥락 속에 놓여 있다는 걸 알게 되었어요.

영화는 개인의 자유가 억압된 사회를 네모난 벽돌로 이뤄진 벽의 이미지로 표현합니다. 끝내 벽은 부서져 산산조각 나게 되죠. 그리고 폐허 속에서 부서진 벽돌을 가지고 노는 아이들의 모습을 보여주며 끝나게 됩니다. 정말 아름다운 장면이라고 생각했어요. 벽돌이 부서지면 제각기 다른 형태가 되잖아요. 그 돌을 장난감 트럭에 담으면서 노는 아이들의 모습이 제게는 마치 예술에 대한 은유처럼 느껴졌어요. 예술은 폐허 속에서도 사라지지 않는구나. 그것은 놀이인 동시에 교육이구나. 억압과 폭력에 맞서는 힘이고, 벽과 선을 허무는 방식이며, 더 나은 세계를 꿈꾸는 방법이구나. 저는 이따금 말로 쉽게 형언할 수 없는 형태를 가진 돌의 모양을 떠올려요. 그 이미지가 마음속에 격언처럼 남아 있어요.

소설에 영화나 음악 같은 문화예술을 가져오는 이유는 단순해요. 일단은 제가 좋아하기 때문이고, 또 제가 좋아하는 것들을 더 많은 사람과 함께 나누고 싶기 때문이에요. 그리고 제가 사랑하는 것들에게 감사한 마음을 표현하고 싶어서요. 줄리앙 슈나벨 감독의 〈고흐, 영원의 문에서〉라는 영화에는 이런 장면이 나와요. 고흐가 고갱에게 "좋아하는 작품들한테 감사해야지"라고 말하는 장면이요. 그 대사를 떠올리는 것만으로도 마음이 저릿합니다.

    좋아하는 작품들에게 감사한 마음을 잊지 않으며 살고 싶어요. 그리고 그 작품을 만들어준 수많은 작가에게도 마음을 전하고 싶어요. 좋은 작품 만들어주셔서 감사하다고, 덕분에 내가 탈선하지 않고 잘 자랄 수 있었다고. 매번 내 삶과 영혼을 구했고,

앞으로 그럴 것이라고. 덕분에 사는 게 얼마나 행복한 일인지, 세상이 얼마나 아름다운지 알게 되었다고. 명작이라고 불리는 작품들뿐만 아니라, 흥행에 실패한 영화도, 히트 치지 못한 앨범도, 저조한 판매량을 면치 못했던 소설도, 분명 누군가의 영혼을 구한 적이 있을 거예요. 그럼 그 영혼들이 살아서 세상을 더 아름답게 만들어줄 거라고 믿어요.

Q. '나(해담)'는 자신을 따라다니는 그림자, 즉 '그것'에서 벗어날 방법을 강구하다가 무당을 찾아갑니다. 그리고 무당을 통해 '그것'이 죽은 사람이 아닌 산 사람임을 확인하고요. 일단 산 사람이 귀신처럼 들러붙었다는 것도 이상한 일이지만, "겁을 준다든지, 아프게 한다든지, 그런 해코지는 안 하는 것" 같다는 소리에 "그럼 그냥 살아"라고 하는 무당의 말이 더욱 인상 깊었습니다. '그게 무당이란 사람이 할 소린가?' 싶다가도 '하긴 귀신이 모기도 아니고…… 꼭 잡을 필요가 있나' 싶어 묘하게 설득이 되는 거죠. 실제로 우리는 수많은 '비존재'에 둘러싸여 살아가잖아요. 예를 들어 기쁨, 슬픔, 우울, 권태, 꿈, 계획, 몽상, 망상, 환상. 그런 것들 하나하나를 짚고 넘어가지 않는 것처럼, "그냥 살아도 되지, 뭐"(23쪽)

하는 마음을 갖고 살 수도 있지 않나 싶어요. 작가님은 '귀신'이 있다고 생각하시나요? 만약 갑자기 센서등이 켜지거나 물건이 툭 떨어지는 일명 '폴터가이스트' 현상을 겪게 된다면, 덤덤하게 넘기는 편일지, 원인을 찾아 나서는 편일지도 궁금합니다.

A. 그런 일이 벌어진다면 호기심을 느끼겠지만, 그렇다고 원인을 찾으러 나서진 않을 것 같아요. 아마도 진실을 밝히기보다, 그 현상의 원인을 멋대로 상상하면서 즐거워할 것 같아요. 괜찮으면 그걸로 소설도 써보고요. 최근에는 귀신이 나오는 소설을 몇 편 썼는데요. 소설을 쓰면서 제가 귀신을 별로 무서워하지 않는다는 걸 다시금 확인하게 되었어요.

질문을 듣고, 어릴 때 잠깐 살았던

집이 떠올랐어요. 그 집에는 냉기가 돌아서 가족 모두가 들어가지 못했던 방이 하나 있었거든요. 저는 거기에서 어떤 키 작은 할아버지 형상을 본 적이 있었는데, 그때도 무섭다는 생각은 못했던 것 같아요. 저게 뭐지? 내가 뭘 본 거지? 그런데 놀랍게도 나중에 들어보니 엄마도 그 집에서 어떤 할머니를 봤다는 거예요. 엄마는 온몸에 소름이 끼치고 무서웠다고 했어요. 정말 미스터리하죠?

또 한번은 성인이 된 이후에 겪었던 일인데요. 친구랑 종로를 돌아다니다가 우연히 가게 된 카페가 있었어요. 새로 오픈한 2층짜리 카페였고, 인테리어가 깔끔하고 좋아보여서 들어갔어요. 그런데 창가 쪽 자리에 앉자마자 등골에 소름이 돋는 거예요. 카페 안에 사람도 많았고, 햇살도 잘 드는 창가 쪽 자리였는데 말이죠. 뭔가 이상하다고 생각하는 찰나, 친구가 갑자기 다른 자리로 옮기고 싶다고 말했어요. 알고 보니 친구도 똑같은 느낌을 받았던 거예요. 우리는 다른 테이블에서 커피를 마시고 나왔어요. 등골에 소름이 돋긴 했지만 귀신이 나를 해하려고 한다는 느낌은 아니었어요. 다만, 이렇게 말하는 것 같았죠.

"여기 내 자리니까 비켜."

어쩌면 이 모든 게 우연이었을지도 몰라요. 제가 착각한 걸 수도 있죠. 귀신이 정말 존재하는지는 모르겠지만, 지금 내가 이해하는 세계 이외에 또 다른 세계가 존재한다는 믿음은 중요한 것 같아요. 죽기 전까지 결코 완전히 이해할 수 없는 세계가 있다는 건, 멋진 일이라고 생각해요. 인간을 겸허하게 만들기도 하고요. 그렇기 때문에 사후세계나 저승에 대한 이야기는 언제나 매혹적입니다. 그런 세계에 대한 믿음은 현실을 살아가는 태도에도 영향을 미치니까요.

장르적인 관점에서 봤을 때 귀신은 자기 자신이 가진 마음의 상입니다. 다시 말하자면, 마음속에 있는 깊은 어둠, 예를 들면 죄책감이나 우울 등이 어떤 형상을 빌려 자신을 방문하는 것이죠. 결국 우리가 두려워하는 건, 우리 내면에 있는 어두운 감정이에요. 공포 영화는 내 안에 있는 어두운 감정을 마주할 수 있도록 해주죠. 그래서 저는 공포 영화가 좋아요. 공포 영화 속에 나오는 귀신들이 측은하게 느껴지기도 하고요.

Q. 또 다른 주인공 '나(그것)'는 자신이 애정하던 시가 무가치한 것으로 절하되는 순간 와르르 무너져요. 아니, 심지어 사라지죠! '해담'이 꺼낸 시에 관한 자조 섞인 이야기가 '나(그것)'에게는 일종의 판결문이 된 것 같아요. 애써 외면하고 있던 "요즘 누가 그런 걸 보느냐고, 요즘 누가 그런 걸 좋아하느냐"는 이야기를 주문(主文) 받은 것이죠.

"공연장에 모인 수많은 사람을 목격한 것처럼, 우리는 서로를 목격할 필요가 있다고 생각했다"(71쪽)라고 〈작가의 말〉에 쓰신 것처럼, 만약 '나(그것)'가 사라지기 전부터 자신을 목격해주는 존재를 만났더라면, 혹은 자신이 "얼마나 바보 같았는지, 또는 얼마나 순수했는지"(46쪽)를 일찍이 깨달았더라면 사라지지 않을 수 있었을까요?

A. 서로를 목격했다면, 해담 역시 자조하지 않았을 것 같아요. 해담이 자조하지 않았다면 '나'도 사라지지 않았겠죠? 그러나 사라지더라도 결국 만나게 될 사람들은 만나게 되니까, 사라지는 걸 너무 안타깝게 여기지 않아도 될 것 같아요. 마지막에 나와 해담은 몸이 사라진 채로 만나게 되잖아요. 창작자와 감상자의 만남은 대부분 그런 식으로 이뤄지는 것 같아요. 북토크 같은 행사에서 실제로 만나게 되는 경우도 있지만, 대부분은 작품을 통해 만나게 되니까요.

Q. 10년이 넘도록 여전히 인정(지지)받지 못하고 투명 인간의 모습으로 지내야 하는 현실을 드러내면서도, 긴 세월의 불편을 감내하면서도 헤어 나오지 못할 정도로 매력적인 '록'의 세계를 짐작케 한다는 점에서 '긴 머리에 가죽 바지 아저씨' 캐릭터가 이 소설을 보다 입체적으로 꾸며준다고 생각했습니다. '노브레인'을 안다고 하니 대뜸 퀸, 건즈 앤드 로지스, 메탈리카, 레드 제플린을 줄줄이 나열하는 괴짜의 모습도 매력적이었고요. 저는 부활의 김태원 님(괴짜라는 이야기는 아닙니다)을 떠올리면서 읽었는데, 따로 참고한 인물이 있었나요?

A. 소설을 쓸 때 인식하지 못했지만, 이 질문을 받고 나니 제 마음속에 영화 〈더 레슬러〉의 미키 루크가 있었다는 걸

깨달았어요. 과거에 큰 인기를 끌었던 레슬러의 이야기잖아요. 시대가 지나, 그는 퇴물 취급을 받고 빈곤한 생활을 이어가죠. 건강까지 악화되지만, 그럼에도 불구하고 그는 다시 링 위에 오릅니다. 그때 미키 루크의 표정이 잊히지 않아요. 록스타 이야기는 아니지만, 건즈 앤드 로지스의 음악이 나옵니다. 미키 루크가 링 위로 올라갈 때요.

Q. 그렇다면 〈작가의 말〉에서처럼 시공간을 초월해 만나고 싶은 또 다른 영혼의 인상착의는 어떤가요?

A. 콧수염이 덥수룩하게 난 아저씨의 이미지가 떠오르네요. 제가 살면서 처음 만난 연극배우의 모습이 그랬거든요. 중학생 때, 학교 게시판에 붙은 공고를 봤어요. 새로 생긴 연극부에 부원을 모집한다는 내용이었어요. 연극부에 들어가면 대본을 쓸 수 있지 않을까 싶어서 신청을 했어요. 그때 외부에서 선생님이 오셨어요. 당시에는 아저씨 같았는데, 지금 생각하면 20대 후반에서 서른 살쯤 되셨던 것 같아요. 극단에서 연출과 연기를 하시는 분이었어요. 발성이나 호흡, 연기하는 법을 알려주셨어요. 대본을 쓰려고 연극부에 들어갔던 건데 얼떨결에 연기를

하게 되었던 거죠.

    사실 연극부 생활은 열악했어요. 연극을 준비하려면 스튜디오와 같은 공간이 필요했는데, 학교에는 마땅한 공간이 없었거든요. 강당이나 체육실이 있었으면 좋았을 텐데. 처음에는 교실에서 연습을 했어요. 책상을 뒤로 밀어둔 채, 양말만 신고 마룻바닥을 밟고 다녔죠. 그래서 우리는 연습할 공간을 찾으러 다녔어요. 학교 근처에 있는 교회에서 공간을 빌리게 되었죠. 지하에 있는 교회였는데, 막상 가 보니 굉장히 춥고 습했어요. 그래도 마룻바닥이 아니라서 양말이 더러워질 일은 없었죠. 누울 수도 있고 점프를 뛸 수도 있었어요. 열악했지만, 그래서인지 더 낭만적이었던 것 같아요. 마치 〈스윙 걸즈〉나 〈썸머 필름을 타고!〉와 같은 영화 속 주인공처럼 지냈어요.

그해 가을, 연극부는 축제에 공연을 올렸어요. 저는 학교 교육에 불만이 많은 학생 역할을 맡았어요. 처음 무대에 올라갈 때는 무척 떨렸는데, 막상 극이 시작되니 곧바로 몰입을 하게 되었어요. 수많은 사람이 앞에 있다는 사실도 잊어버린 채로요. 1000명이 넘는 사람들 앞에서 연기를 해본 경험은 평생 잊지 못할 것 같아요.

저는 아직도 종종 그때 그 선생님을 생각을 해요. 콧수염 난 연극배우 아저씨. 그분은 지금 어떻게 살고 계실까. 아직도 극단에 계실까. 아직도 연극을 하고 계신다면 공연을 보러 가고 싶은데, 한 번쯤 찾아뵙고 싶은데. 선생님 얼굴하고 목소리는 선명하게 기억나는데, 어째서 이름이 기억나지 않는지 모르겠어요. 어느 날 우연히 연극을 보러 갔다가, 마주치게 되는 날이 오기만을 바랄 뿐이에요.

Q. '해담'은 '선우'를 통해 자신이 "애써 문제를 만드는 사람"(40쪽)이라는 것을 깨닫습니다. 예전에 어떤 영화에서 "문제를 삼지 않으면 문제가 안 되는데, 문제를 삼으니까 문제가 되는 거"라는 말이 나온 적 있어요. 같은 맥락에서 《바보 같은 춤을 추자》의 이야기를 읽고 우리는 왜 문제를 만들면서 살아갈까 생각해보게 되었는데, 그렇지 않으면 참고 지나가야 하기 때문인 듯합니다. 손톱 거스러미에는 뜯기와 안 뜯고 내버려두기 두 가지 옵션이 있는데, 안 뜯고 내버려두기는 고통도 카타르시스도 아무 자극도 주지 못하잖아요. 애써 문제를 만들어야 비로소 고통이 찾아오고 마침내 해결이 되니까요. 작가님은 어느 쪽에 가까우신가요? 또, 모두에게는 저마다의 '문제 영역'이 있다고 생각하는데, '선우'의 말처럼

"사는 데 아무런 문제가 없어도 문제를 만들면서 괴로워"해본 경험이 있다면요?

A. 저는 집을 나서기 전에 콘센트를 다 뽑아요. 보일러나 에어컨이 꺼졌는지, 가스밸브와 수도꼭지가 잘 잠겼는지, 문이 잘 잠겼는지 몇 번이고 확인해요. 요즘은 증상이 그리 심하지 않지만, 한때는 이 문제 때문에 정말 괴로웠어요. 집에서 나왔다가도 확인하러 다시 들어가기를 몇 번이고 반복했어요. 나중에는 사진까지 찍었는데도 마음이 불안하더라고요. 사진을 찍은 후에 내가 콘센트를 다시 꽂았을까 봐요. 그런데 잘 생각해보면, 콘센트를 꽂아둔다고 해도 크게 문제 될 건 아니잖아요. 문을 열어놓고 가도 딱히 훔쳐 갈 것도 없는데 말이죠. 책밖에 없어서 도둑이 기겁하고 나갈 것 같아요.

그러다가 한번은 친구를 만나러 나갔는데, 문득 보일러를 틀어놓고 나온 것 같다는 생각이 들어서 갑자기 불안해졌어요. 길을 걷다가 멈춰 서서 친구에게 상황을 말했더니, 친구는 아주 차분하게 대응하더고요. "그럼, 잠깐 저쪽으로 가서 쉴까?" 친구는 사람들이 없는 골목으로 저를 데려갔어요. 그러고는 이렇게 말하더라고요. "너는 어쩜 나랑 이렇게 똑같니? 잠시 쉬면 괜찮을거야." 알고 보니 친구도 똑같은 증상을 겪고 있더라고요. 불안이 좀 가라앉은 후에는 "그래도 아예 체크를 안 하는 것보다는 나으니까 그냥 이렇게 계속 살자"라고 말해줬어요. 그 말이 제게는 큰 위로가 되었답니다. 정말 좋은 친구예요.

있지도 않은 문제를 애써 만드는 건 생존과 연관이 있다고 생각해요. 어떻게 생각해보면 불안을 느끼는 건 좋은 걸지도 몰라요. 생존할 수 있도록, 자기 자신을 보호하도록, 미리 신호를 보내는 거죠. 예전에는 불안을 없애려고만 했어요. 그런데 지금은 불안을 있는 그대로 받아들이려고 노력해요. 아, 나 지금 많이 불안하구나. 나 자신을 이렇게 많이 아끼는구나. 물론, 쉽진 않아요. 그렇지만 불안을 없애려고 할 때보다는 오히려 마음이 편해지는 것 같아요. 그리고 한편으로는 이렇게 위로하기도 해요. 타고난 기질이 예민하기 때문에 불안을 느끼는 건 어쩔 수가 없다고, 사는 데는 불편하지만 그래도 잘 이용하면 오히려 창작에 도움이 될 거라고.

Q. 이 책과 어울릴 영상 한 편 추천해주실 수 있을까요? 추천의 이유도 곁들여주시면 좋을 것 같아요.

A. 신바람 이박사 선생님을 초대하고 싶어요. 〈몽키 매직〉을 들으면 바보 같은 춤을 추지 않을 수가 없거든요. 관광버스에 탑승한 승객들부터 록페스티벌에 온 젊은이까지 온 세상을 신나게 만들어주셨던 분이잖아요. 이쯤에서 우리는 다시 한번 봐야 합니다. 그중에서도 2012년 펜타포트 록페스티벌에서 이박사와 윈디 시티가 함께한 공연 영상을 추천하고 싶어요. 시공간을 초월하는 공연이죠. 원숭이 나무에 언제 올라가나 애간장을 태우는 공연입니다. 그리고 또 크라잉넛 공연 영상도 하나 추천하면 좋을 것 같아서 살펴보다가, 우연히 〈밤이 깊었네〉

뮤직비디오를 보게 되었는데요. 어라, 여기에도 이박사 선생님이 나오네요? 이후에 이박사의 나무위키를 검색하니까, 노브레인 전 기타리스트 차승우 씨가 이런 말을 했다고 나와 있네요. "이박사 음악은 위대했습니다." 세상에, 이런 우연이 있다니!

한 조각의 문학, 위픽 wefic

구병모 《파쇄》
이희주 《마유미》
윤자영 《할매 떡볶이 레시피》
박소연 《북적대지만 은밀하게》
김기창 《크리스마스이브의 방문객》
이종산 《블루마블》
곽재식 《우주 대전의 끝》
김동식 《백 명 버튼》
배예람 《물 밑에 계시리라》
이소호 《나의 미치광이 이웃》
오한기 《나의 즐거운 육아 일기》
조예은 《만조를 기다리며》
도진기 《애니》
박솔뫼 《극동의 여자 친구들》
정혜윤 《마음 편해지고 싶은 사람들을 위한 워크숍》
황모과 《10초는 영원히》
김희선 《삼척, 불멸》
최정화 《봇로스 리포트》
정해연 《모델》
정이담 《환생꽃》
문지혁 《크리스마스 캐러셀》
김목인 《마르셀 아코디언 클럽》
전건우 《앙심》
최양선 《그림자 나비》
이하진 《확률의 무덤》
은모든 《감미롭고 간절한》
이유리 《잠이 오나요》
심너울 《이런, 우리 엄마가 우주선을 유괴했어요》
최현숙 《창신동 여자》

연여름	《2학기 한정 도서부》
서미애	《나의 여자 친구》
김원영	《우리의 클라이밍》
정지돈	《현대적이라고 말할 수 없는 죽음들》
이서수	《첫사랑이 언니에게 남긴 것》
이경희	《매듭 정리》
송경아	《무지개나래 반려동물 납골당》
현호정	《삼색도》
김 현	《고유한 형태》
이민진	《무칭》
김이환	《더 나은 인간》
안 담	《소녀는 따로 자란다》
조현아	《밧줄광대놀음》
김효인	《새로고침》
전혜진	《고르디우스의 매듭을 자르면》
김청귤	《제습기 다이어트》
최의택	《논터닐링》
김유담	《스페이스 M》
전삼혜	《나름에게 가는 길》
최진영	《오로라》
이혁진	《단단하고 녹슬지 않는》
강화길	《영희와 제임스》
이문영	《루카스》
현찬양	《인현왕후의 회빙환을 위하여》
차현지	《다다른 날들》
김성중	《두더지 인간》
김서해	《라비우와 링과》
임선우	《0000》
듀 나	《바리》
한유리	《불멸의 인절미》
한정현	《사랑과 연합 0장》
위수정	《칠면조가 숨어 있어》
천희란	《작가의 말》
정보라	《창문》
이주란	《그때는》
김보영	《헤픈 것이다》
이주혜	《중국 앵무새가 있는 방》

정대건	《부오니시모, 나폴리》
김희재	《화성과 창의의 시도》
단 요	《담장 너머 버베나》
문보영	《어떤 새의 이름을 아는 슬픈 너》
박서련	《몸몸》
금정연	《모두 일요일이야》
박이강	《잡 인터뷰》
김나현	《예감의 우주》
김화진	《개구리가 되고 싶어》
권김현영	《수신인도 발신인도 아닌 씨씨》
배명은	《계화의 여름》
이두온	《돈 안 쓰면 죽는 병》
김지연	《새해 연습》
조우리	《사서 고생》
예소연	《소란한 속삭임》
이장욱	《초인의 세계》
성해나	《우리가 열 번을 나고 죽을 때》
장진영	《김용호》
이연숙	《아빠 소설》
서이제	《바보 같은 춤을 추자》
권희진	《일단 믿는 마음》
정이현	《사는 사람》

위픽은 위즈덤하우스의 단편소설 시리즈입니다.
'단 한 편의 이야기'를 깊게 호흡하는
특별한 경험을 선사합니다.

이 작은 조각이 당신의 세계를 넓혀줄
새로운 한 조각이 되기를.
작은 조각 하나하나가 모여
당신의 이야기가 되기를.

당신의 가슴에 깊이 새겨질
한 조각의 문학, 위픽

위픽 뉴스레터 구독하기
인스타그램 @wefic_book

 - 86

바보 같은 춤을 추자

초판 1쇄 발행 2025년 4월 23일
초판 3쇄 발행 2025년 10월 31일

지은이 서이제
펴낸이 최순영

출판2 본부장 박태근
스토리 팀장 김소연
편집 곽선희 김다인 김해지
디자인 김태수 이세호

펴낸곳 ㈜위즈덤하우스 **출판등록** 2000년 5월 23일 제13-1071호
주소 서울특별시 마포구 양화로 19 합정오피스빌딩 17층
전화 02) 2179-5600 **홈페이지** www.wisdomhouse.co.kr

ⓒ 서이제, 2025

ISBN 979-11-7171-411-7 04810
      979-11-6812-700-5 (세트)

값 13,000원

- 이 책의 전부 또는 일부 내용을 재사용하려면 반드시 사전에
  저작권자와 ㈜위즈덤하우스의 동의를 받아야 합니다.
- 인쇄·제작 및 유통상의 파본 도서는 구입하신 서점에서 바꿔드립니다.